Ella es mía Ahora... Para Siempre

Voy a poner un bebé en su vientre y un anillo de diamantes en su dedo.

Ashley Colem

This is a work of fiction. Similarities to real people, places, or events are entirely coincidental.

ELLA ES MÍA AHORA... PARA SIEMPRE

First edition. January 14, 2024.

Copyright © 2024 Ashley Colem.

ISBN: 979-8224398256

Written by Ashley Colem.

Also by Ashley Colem

Bien Trop Brutal

Obsede Par Elle

Limite dépassée

Amour Improbable

Kataliya, la Parfaite Élue

Le Choix Ultime d'un Seul Amour

Réveille-toi, Barbara

Sexe à Répétition

Taïna est en feu

Captive d'une Nuit Enneigée: Jusqu'à ce qu'elle apparaisse et que son âme se sente captivée

Ces Attouchements Tabous: Cette nuit-là, il a changé ma vie pour toujours

Épuisement: Sienna est peut-être jeune, mais son corps sait ce dont il a besoin

Il va l'avoir: William veut Jesse plus que tout au monde

La Femme de ses Rêves: Il est obsédé par la jeune beauté qui lui a volé son cœur

Le No 1 des Connards: Il ne cherche pas d'excuses pour ce qu'il est ou ce qu'il fait

L'étrange Mariage du Milliardaire

Maintenant... Elle est à moi pour Toujours: Je mets un bébé dans son ventre et une bague en diamant à son doigt

Piégé par elle

Tenir si Fort: Il ne savait pas qu'une obsession pouvait s'emparer de lui aussi fort

Un Alpha de Mauvais Caractère: Aucune femme n'a jamais été capable de le gérer

Un Échange Très Étrange: Le destin de Cian et de Serenity, croisés dans un lycée américain

Limite Superato

Amore Improbabile

Kataliya, la Perfetta

La Scelta Definitiva di un Singolo Amore

Sesso ripetuto

Taina è in Fiamme

Esaurimento

Intrappolato da lei

La Donna dei Suoi Sogni

Lo Stronzo #1

Ora è mia... per sempre

Prigioniero in una Notte di Neve

Sta per Averla

Stringere Così Forte

Obsession: Tout a changé la première fois que Jackson a vu Dina

Svegliati, Barbara: Stare con Clark diventa un grosso problema

Agarra tan Fuerte

Atrapado por ella

Cautivo en una Noche de Nieve

El Éxtasis de lo Prohibido: Después de que Nadia descubre que Bady la engaña

El gilipollas nº 1: No pone excusas por lo que es o por lo que hace

Ella es mía Ahora... Para Siempre

La Mujer de sus Sueños

L'estasi del Proibito: Dopo che Nadia scopre che Bady la tradisce

L'extase de l'interdit: Après que Nadia découvre que Bady la trompe

Obsesionado con ella: Finalmente tengo la oportunidad de hacerla mía

Un Alfa con mal Carácter

Mis hombres sacan a una joven con curvas de las garras de la muerte en medio de una gélida noche de Moscú y me la traen a mí, un jefe de la mafia rusa.

Es la primera vez que veo a una mujer tan inocente, tan real, tan perfecta. Y también es la primera vez que siento que esta necesidad incontrolable se apodera de mí y me exige que haga mío a alguien.

Pero ella no es alguien. Ella es la única a la que este hombre mayor ha deseado.

Y la primera vez que descubro que soy amigo de su padre desde hace años y a kilómetros de distancia, solo reafirma que esto es el destino, está destinado a ser. Y los cabrones que querían hacerle daño ya sellaron su propio destino, su propia sentencia de muerte, al poner sus manos en lo que siempre estuvo destinado a ser mío.

Voy a liberarla de su turbulento pasado, pero hay una cosa de la que nunca se liberará. A mí. Le estoy poniendo un bebe en el vientrey un diamante anillo en su dedo. Ella es mía ahora... para siempre.

CAPÍTULO 1

Terry

"Victoria Molinero.Victoria Molinero.Victoria Molinero", Me repito una y otra vez mientras camino a trompicones por la Plaza Roja.

VictoriaSu nombre es el único ruso que conozco en este momento, y el único en quien puedo confiar... aunque nunca nos hayamos conocido.

Prácticamente estoy arrastrando mi pierna trasera a través de la nieve que se acumula rápidamente en el suelo, dejando un rastro claro para el hombre, o los hombres, que seguramente ya deben estar cerca de rastrearme.

El aire invernal es fresco, cortante y corta mis pulmones como una hoja de afeitar. Está el frío y luego está Rusia, y no tener ningún tipo de abrigo en temperaturas bajo cero es casi una sentencia de muerte a la una de la madrugada.

Me pican los ojos por la bofetada que esos dedos carnosos me dieron en la cara no hace diez minutos, pero entrecerré los ojos a través del dolor y las lágrimas, notando una pequeña tienda de borscht abierta a esta hora.

No por mucho tiempo.

En el momento en que la dueña del pequeño restaurante me ve, se apresura a cerrar las contraventanas, bañando la calle en oscuridad, y un segundo después oigo un cerrojo en la puerta principal mientras ella maldice algo en ruso.

Como ratón de biblioteca introvertido, estaba emocionado de venir a Rusia y leí que la gente mantenía la cabeza gacha y se ocupaba de sus propios asuntos, al igual que yo con mi torpeza social. Pero ahora daría cualquier cosa por esa amabilidad estadounidense en la que los extraños se ayudan entre sí en momentos de necesidad, al diablo con mi ansiedad social.

Más adelante puedo ver la Iglesia de Basilio, el único hito que conozco que se relaciona conVictoria. Pero mi papá dijo que vivió aquí hace años. Con todo el tiempo que ha pasado, es posible que ya ni siquiera esté en el país, según las historias que me contó mi padre sobre su amor por los viajes.

Sigo moviéndome, siguiendo el esqueleto de las ramas de los árboles que están excesivamente podadas a lo largo del amplio pasillo abierto, ¿o es simplemente que el invierno les quitó la capacidad de vivir, como si ahora también estuviera tratando de succionar la mía por el desagüe?

Me detengo, me apoyo contra una pared y trato de no hacerme visible. A pesar de la oscuridad que intento utilizar para ocultarme, he visto suficiente Animal Planet como para saber que los depredadores sobresalen bajo la caída de la noche... y claramente me están siguiendo algunos de los mejores cazadores que existen.

La sangre ruge por mi cuerpo, mientras el silencio del frío se desploma sobre mí. El único movimiento a la vista es el vapor de mi aliento golpeando el aire helado.

Respiro profundamente otra vez y sigo adelante, poniéndome nervioso.

"Victoria!" Grito impotente en la noche como una loca. "Victoria! ¡Ayúdame! ¡Que alguien me ayude por favor!"

Nada.

De repente escucho el sonido del motor de un auto retumbando y me giro para ver que es el mismo hombre del que estoy huyendo... el hombre que pagó por mi cuerpo. El imbécil que se quejó ante los hombres que me engañaron en este terrible lío porque parecía mucho más gordo que en mis fotografías... fotografías que fueron robadas de mis cuentas bloqueadas de redes sociales. Los hackers rusos son realmente los mejores, como lamentablemente descubrí.

¡Ahí está la putita gorda! —grita en inglés, con un marcado acento ruso. Dos hombres salen volando de detrás de los cristales tintados de negro como la tinta del coche y se dirigen directamente hacia mí.

Los reconozco inmediatamente por su tamaño, sus chaquetas de cuero negro y el ceño fruncido en sus rostros.

Son los guardias de seguridad de la red de tráfico de la que fui víctima.

"¡Si estoy tan gorda, déjame en paz!" Grito, pero eso sólo los incita.

"Atrápame si puedes", grito, saliendo lo mejor que puedo hacia St. Basil's. A esta hora seguramente hay al menos algunos turistas extranjeros borrachos que podrían tener el valor de ayudarme si ven la lucha, y la lucha, la voy a aguantar. Además puedo gritar y morder como los mejores... eso espero.

El dolor se dispara a través de mi tobillo mientras empujo y me muevo lo más rápido que puedo. No estoy a tres metros de la pared cuando atrapo un trozo de hielo negro y caigo hacia adelante, de bruces.

El sonido de las botas de los hombres desde atrás, crujiendo la nieve, me hizo saber que se están acercando con rapidez. Araño el hielo debajo de mí, buscando algo a lo que agarrarme para poder ponerme de pie.

Nada.

De repente siento que levantan mi cuerpo y lo arrojan sobre los hombros de uno de los hombres como un saco de patatas, antes de que él diga: "Vas a pagar por lo que hiciste, perra".

Empiezo a patear y golpear tan fuerte como puedo antes de que su otra mano se levante y me golpee justo encima de la cabeza.

El hombre tiene la constitución de un tanque, su puño es un garrote, y siento que perdí el conocimiento, justo antes de escuchar al hombre exhalar con fuerza y sentir una gran sacudida en el costado, lo que me mantiene despierto unos segundos más.

El sonido de las botas rompiendo huesos se mezcla con las exhalaciones forzadas de los golpes en el estómago y luego en la cabeza.

"Está bien, mujer. Nadie volverá a hacerte daño nunca más", dice una voz diferente, mientras me levanta con la misma facilidad que el primer hombre, que ahora yace en un charco de su propia sangre, a menos de cincuenta metros de San Basilio, que se alza como un faro en la distancia.

"Bájame", grito, sin querer cambiar un mal por otro.

"Simplemente descansa hasta que el jefe hable contigo", dice.

"¿Quién es tu jefe?" Pregunto.

Nada.

"¿A dónde me llevas?"

"A la seguridad. Ahora quédate quieta", dice mientras me mete en la parte trasera de un auto cálido y oscurecido.

Siento como si me hubieran cambiado de un grupo criminal a otro, pero me quedo completamente sin energía cuando escucho que las puertas se cierran a ambos lados.

"Sólo quiero ir a casa", logro decir, apenas más que un susurro, mientras mi mente comienza a flotar hacia el abismo. Obviamente estoy alucinando porque ya no tengo casa, y no la tengo desde hace dos semanas.

Que me condenen si me resigno a mi destino. Voy a luchar contra estos bastardos tan pronto... como... yo...

Todo se vuelve negro.

CAPITULO 2

Victoria

"Te dije lo que pasó", grita.

No reacciono a su cambio de tono, sólo aprovecho la oportunidad para estudiar su lenguaje corporal para ver si está mintiendo. Hay mujeres que intentan infiltrarse en mis operaciones todos los días y no voy a ser víctima.

Pero una cosa que seguro no cae es mi polla. Está apuntando directamente al cielo, la primera vez que recuerdo haber sido tan duro en años. ¿Y esto es difícil? Nunca.

Hay algo en esta joven que me hace desconcertar, a pesar de lo mucho que intento fortalecer mi determinación mientras sigo cuestionándola.

"¿Por qué no me lo vuelves a decir?", le digo. Es una táctica común para asegurarse de que ella no cambie su historia, pero no le pregunto por eso. Esos ojos azul cristalino son hipnóticos y siento que soy atraído magnéticamente hacia ella, como si fuera una sirena que me atrae hacia mi destrucción con la inocencia y honestidad de su mirada.

Nunca he tenido un tipo y todavía no lo tengo. Demonios, ni siquiera tengo tiempo para una mujer. Soy propietario y administro una operación de casino multimillonaria, trabajando desde cero hasta donde estoy hoy. Cuando comencé, la habilidad más valiosa que aprendí fue identificar y atrapar trampas, como contadores de cartas y personas que encienden luces en las máquinas tragamonedas tratando de activarlas para que se vacíen.

Pero cuando la miro no puedo ni contar hasta tres sin perderme en algún punto del camino. Como perdido en los pensamientos de lo mucho que quiero vaciar este dolor en mis pelotas dentro de ella, llenarla con mi semilla y ver cómo su barriga crece con mi hijo.

Ella exhala con fuerza, su pecho sube y baja debajo de la ropa endeble que mis hombres la encontraron usando y la manta que le dimos y que envolvió sobre sus hombros en este momento. Sus brazos están apretando la manta, a pesar del aumento de temperatura dentro de mi oficina. Pero sus manos están a la altura de su cintura, lo que muestra esos magníficos pechos suyos.

Rusia es conocida mundialmente como el país con las mujeres más bellas, pero hay algo en ella, incluso en la tierra que produce supermodelos con tanta facilidad como las naranjas crecen en los árboles de Florida. Hay algo diferente, único y especial como nunca antes había visto.

Estoy rodeado de mujeres todo el día en el casino. Mujeres que dejan muy claro que están disponibles para mí a mi antojo, a mi entera disposición, pero que nunca participo. Simplemente no estoy interesado en lo que tienen para ofrecer. ¿Pero ella? No me ha ofrecido nada y estoy interesado en todo... cada curva de ese delicioso cuerpo suyo.

"Aquí vamos, una vez más desde arriba", comienza con una lucha a la que no estoy acostumbrado, y que rápidamente me vuelve loco por ella. Si supiera con quién está hablando, ¿me hablaría de esta manera? ¿Es siempre imprudente o sabe siquiera que el destino de su existencia está en juego en este momento?

Por otra parte, eso no es cierto. Si fuera hombre, sí. Pero nunca pondría un dedo encima de una mujer, y mucho menos lastimaría a una. De hecho, no son sólo los miles de millones de euros que ganamos cada año en nuestros casinos lo que me enorgullece, sino también las mujeres a las que he ayudado a salir de la calle y a las que he dado trabajo. Empleos muy bien remunerados, a menudo a pesar de la falta de lo que la mayoría de los gerentes de contratación considerarían habilidades empleables.

Pero no lo haría de otra manera, especialmente considerando que mi madre vivió en la calle hasta que me tuvo, y luego falleció poco después a manos de un proxeneta. Ni siquiera son personas despreciables, porque la porquería que decide vender a otros ni siquiera es gente. Merecen morir, y mi familia Bratva y yo ciertamente hacemos nuestra parte cuando nos encontramos con esa escoria.

"Mi padre falleció. Como solo tengo dieciocho años, no tengo dinero para la universidad y nadie me ayuda a mantener un techo sobre mi cabeza, mis opciones eran limitadas. Encontré un anuncio en línea que ofrecía buen dinero por servicios de niñera y empleada doméstica para oligarcas ricos en Rusia. Parecía legítimo, así que me inscribí, hice una entrevista por Skype nada menos que con una mujer y luego acepté un billete de avión a Moscú para ser empleada doméstica".

Asiento, sin confiar en mi voz en este momento.

"La primera señal de que las cosas estaban inestables fue que la mujer, que prometió recibirme en el aeropuerto, no estaba allí. Había un par de chicos que tenían un cartel con mi nombre y conocían toda la información sobre Tatiana, quien me entrevistó, así que todo parecía legítimo. También parecían bastante amigables, al menos para los estándares rusos".

Oh, quiero ser amigable contigo, ¿vale, zorro ártico? Pero mi cabeza se echa hacia atrás mientras trato de concentrarme. Esto todavía podría ser una trampa de honeypot, y maldita sea si voy a dejar que se me escape.

"¿Por qué una mujer elegiría ser empleada doméstica en lugar de niñera?"

"No soy bueno con la gente. Amo a los niños y todo eso, pero pensé que si estaba limpiando todo el día podría ponerme audífonos o algo así y simplemente estar en mi pequeño mundo. Podría obtener mi dinero durante el transcurso del contrato anual y luego reagruparme... usar el dinero para comenzar una nueva vida".

¿Nueva vida para ella? Ella necesita una nueva vida conmigo. Sacudo la cabeza de lado a lado, tratando de salir de allí.

"¿Está todo bien?"

"Continúa", digo en el tono más autoritario que puedo reunir en este momento.

"Me llevan a esta casa grande y me emociono... hasta que prácticamente me arrojan a una habitación y empiezan a señalarme y hablar".

"¿Qué estaban diciendo?"

"Que desperdiciaron el dinero en el billete de avión porque nadie iba a querer tener sexo con una chica gorda como yo. Que me iba a costar una fortuna alimentarme. Significa cosas así".

Siento mis puños apretarse mientras mis dientes rechinan unos contra otros. Quiero atravesar con mi puño las caras de los pedazos de mierda que le hablaron así. Sin mencionar que son tan jodidamente estúpidos por haber tenido una joya absolutamente única, un diamante, justo frente a ellos y ninguno de los dos fue lo suficientemente inteligente como para casarse con ella de inmediato.

Su pérdida. Pero voy a perseguirlos y hacerles pagar de todos modos.

Tenemos niños abandonados y flacos que sirven bebidas en el casino las 24 horas, los 7 días de la semana. Si bien ese tipo de cuerpo puede apreciarse en la pasarela, nunca me atrajo. Quiero una mujer de verdad, una mujer que pueda hacer frente a los fríos inviernos de Rusia y abofetearlos... tal como mis hombres dijeron que ella literalmente no era hace dos horas. Esta mujer es dura, una soldado y el tipo de mujer que sobrevive en un país libre para todos como este.

"¿Y entonces qué pasó?"

"Les dije que quería irme a casa. Les dije que les devolvería el dinero del billete, cualquier cosa, pero se negaron". Se le empiezan a llenar los ojos de lágrimas, pero aprieta la mandíbula. "Y entonces entró un hombre, mirándome como un trozo de carne colgado en la ventana. Él estaba señalando y diciendo cosas y luego los dos hombres entraron y dijeron: 'Vamos', al principio me arrastraron hasta que me di cuenta de que tenía que ser inteligente, no enojarme".

Maldita sea, una mujer que puede controlar sus emociones en un momento como ese es más una rusa fría y calculadora que las que se retratan en esas tontas películas estadounidenses. Ella es auténtica, y si hay algo que admiro es el ingenio, la inteligencia y la calma ante el peligro.

"Entonces me di cuenta de lo que estaba pasando entonces. Le dije al chico que quería tener sexo en público, lo que sólo lo excitó más. En el momento en que salimos del auto, le di un rodillazo en la ingle y él me abofeteó en la cara, enviándome al suelo.

Pero eso sólo resultó ser algo bueno para mí, ya que me dio un tiro libre a sus pelotas y pateé tan fuerte como pude. Salí corriendo, pero él me barrió con una patada y caí fuerte sobre ambas rodillas, pero me levanté y seguí mientras él rodaba en la nieve maldiciendo".

"¿En Inglés?"

"Sí, todo el mundo hablaba en inglés, lo cual realmente no entendía, pero todos tenían un fuerte acento ruso".

"¿Y luego mis hombres te encontraron?"

"Sí."

"¿A dónde ibas? ¿Cómo esperabas escapar?

"Mi papá tenía un amigo hace años, un estudiante de intercambio cuando era niño, y era de Rusia. Lo único que sabía era su nombre y que vivía junto a San Basilio.

"¿Y pensaste que de alguna manera podrías encontrarlo?"

"No tenía otras opciones".

Mi cuerpo me dice que la única opción que tengo ahora es hacerla mía. La paranoia que he desarrollado por el mundo en el que vivo todavía me dice que esto es una trampa, a pesar de todo lo que he visto y oído hasta este momento.

"¿Cómo se llama este hombre?"

"Victoria. Victoria Molinero."

Todo mi cuerpo se entumece y lentamente extiendo mis manos, encontrando la parte superior de mi escritorio y estabilizándome.

Veo a dos de mis hombres deslizar las manos dentro de sus trajes ante la mención de mi nombre. Sacudo ligeramente la cabeza y sus manos se retiran.

"¿Y cómo se llama tu padre?"

"Kurt Kelly."

Escuchar el nombre del hombre después de todos estos años me trae muchos recuerdos. Y sólo entonces veo inmediatamente el parecido.

"¿Tu padre murió?"

Ella asiente y me siento como una mierda por mencionarlo.

Deslizo una mano dentro del cajón superior de mi escritorio, revolviendo las imágenes sueltas que tengo allí, impresas en papel Kodak viejo. Solo ver la marca, Kodak, me recuerda mi época en el país donde todo era posible sin necesidad de mentir, engañar, robar y sobornar, como parece hoy en este país. De alguna manera he podido evitar cualquiera de esos tres pecados, pero la mayoría no puede resistir la tentación, especialmente cuando se trata de una epidemia de nuestra cultura.

Saco la foto y la sostengo frente a mi pecho.

"Papá", dice en silencio. Sus ojos se elevan para encontrarse con los míos. "¿Quieres decir que eres...?"

Asiento con la cabeza.

"Ya no estás solo..."

"Terry", dice, y fue entonces cuando me di cuenta de que nunca le pregunté su nombre.

"Terry. Tu padre me acogió y me trató como a una familia. Ahora soy tu familia y estás a salvo". ¿Y alguna vez quiero formar una familia contigo a partir de ahora? ¿Acabo de mentir acerca de que ella está a salvo, porque claramente no está segura conmigo?

Me siento como un oso pardo de Kamchatka, listo para atacar a cualquiera o cualquier cosa que se interponga en mi camino para devorarla por completo como un salmón fresco nadando contra la corriente para desovar. Oh, ella se apareará muy bien. Voy a llenar su vientre con mi semilla una y otra y otra vez.

Por primera vez en mi vida, este sentimiento me invade y sé de qué se trata la vida. La idea extremadamente común y popular del orgullo de un hijo primogénito nunca tuvo sentido para mí... hasta ahora.

Todas las preocupaciones que tenía de que esto fuera algún tipo de trampa han caído a un lado, mis hombros se relajan y todo lo que quiero hacer es envolver a esta mujer en un gran abrazo de oso y hacerle saber que ahora está a salvo... para siempre. Y mío.

"Has tenido un día largo. Vamos a mostrarte tu habitación, darte un baño y algo de comida y dejarte dormir".

Uno de mis hombres da un paso adelante, dispuesto a seguir mis órdenes.

"No, Sergio. Lo haré. Ella es mi responsabilidad, en todos los sentidos".

Sergiu retrocede ligeramente, sorprendido por mis palabras.

"Así es", repito. "Ella es mía."

CAPÍTULO 3

Victoria

Veinticuatro horas después

Levanto los pies sobre el escritorio y me recuesto en mi silla Aeron, pasando la mano por la nuca.

Han pasado veinticuatro horas desdeTerry Entró en mi vida y no hay manera de que la deje salir.

Es esa hora tranquila de la mañana, a las tres de la madrugada, cuando la mayoría de la gente normal duerme. No soy normal y lo que siento por ella es cualquier cosa menos normal.

Miro las notas frente a mí. Son una combinación del número de placa que obtuvimos de las cámaras de seguridad, la información que mis amigos en la estación de policía me pasaron sobre esta organización y una cicatriz distintiva que el líder de este grupo tiene a lo largo de su cuello.

Y ella. Mi mejor intento de dibujarla. Nunca fui bueno dibujando y mi letra es absolutamente atroz, pero cuando la dibujo inconscientemente, simplemente se ve bien. Es tan bueno que es como si pudiera ganar un premio por esto. ¿Por qué? Porque nunca había estado tan concentrado en nada en toda mi vida. La curva de sus caderas. Sus amplios pechos. Esa mirada de inocencia que está escrita en su rostro y la ingenuidad juvenil que la metió en este lío. Y maldita sea si no voy a hacer las cosas bien para ella, para nosotros.

Normalmente, a esta hora de la noche estaría haciendo las maletas, las jornadas de más de dieciséis horas me quitaban la vida. Pero no esta mañana. Estaba lleno de energía. Eléctrico. Fue como el día que abrí mis casinos hace años. Ese tipo de emoción, pero aún más.

Porque no importa cuántos miles de millones de dólares fluyeran a través de nuestras puertas y en nuestros bolsillos, de repente todo era inútil sin ella con quien compartirlo.

La idea de enamorarme de una mujer me habría parecido absolutamente ridícula hace apenas veinticuatro horas, hasta que la trajeron a mi puerta.

Me quedo de pie, mirando por la ventana y observando la nevada. Tengo que ser paciente. Después de su largo vuelo y su terrible experiencia necesita dormir, recuperarse.

Oigo pasos y me giro y veo a Sergiu parado en la puerta.

"¿Ella todavía está durmiendo?"

"Creo, jefe. No entré a su habitación como me pediste, pero la puerta no se abrió".

"Bien", digo, sabiendo que ella tampoco podría escapar por la ventana. Ella está descansando pacíficamente, como siempre debería hacerlo bajo mi vigilancia, bajo mi techo.

"¿Quieres que entre en su habitación a una hora determinada si ella no ha salido?"

"¡No!" Respondo bruscamente. "Ella es mía. Nadie la toca ni siquiera la mira".

Sergiu da un paso atrás. No he tenido la necesidad de ponerme agresiva con él en no sé cuánto tiempo, pero mi lado posesivo inmediatamente se enciende cada vez que el pensamiento de otro hombre a su lado, haciendo cosas por ella que yo haré, se cruza. mi mente.

"Asegúrate de que todos los demás lo sepan", digo rotundamente, tratando de calmarme. "Eso es todo por hoy."

"Sí, jefe", dice Sergiu, gira sobre sus talones y desaparece en un instante.

Me vuelvo hacia la ventana, incapaz de creer que su padre esté muerto. En realidad no nos habíamos mantenido en contacto, pero aún éramos cercanos, como resultado del vínculo que teníamos cuando éramos niños y hombres jóvenes.

Y ahora su hija de alguna manera terminó aquí, como si el destino estuviera a mi cuidado. Ella es una mujer joven ahora. Y la haré mía. Mi mujer.

Escucho pasos por segunda vez, pero son mucho más ligeros. No me doy vuelta, pero entrecierro la mirada en el espejo, cambiando mi línea de visión desde afuera, donde la nieve cae sobre mi ciudad, al reflejo, donde la veo parada en la puerta con una camiseta blanca. y pantalones cortos.

"Estás despierto", digo, incapaz de darme la vuelta cuando mi polla inmediatamente cobra vida. Llevo mis manos delante de mi ingle, tomándolas, tratando de ocultar la necesidad que está haciendo lo mejor que puedo para rasgar la tela italiana de mis pantalones de traje.

Me giro, frente a ella, y casi me quedo sin aliento mientras ella se frota los ojos con el dorso de las manos.

Incluso recién levantada de la cama y sin una pizca de maquillaje, es la mujer más hermosa que he visto en mi vida. Verla tan fresca, tan inocente, produce un gruñido grave que sale de lo más profundo de mi vientre. Mañana, y por el resto de mi vida, quiero despertar junto a ella. Quiero verla así, la expresión de tranquilidad se refleja en su rostro. Una mirada que sé que puedo brindarle por la eternidad.

"Mi reloj biológico está apagado, pero dormí muy bien".

"Bien", digo.

"Una vez que supe que conocías a mi papá, pude relajarme".

"Aquí siempre estarás relajada", le digo dando un paso hacia ella.

"Gracias, pero haré todo lo posible para no molestarte lo antes posible".

"Fuera de mi cabello", digo, acercándome a ella aún más hasta el punto en que mi mano se levanta y se detiene justo antes de sus hermosos mechones marrones con puntas claras.

Mi polla se contrae y mi antebrazo se tensa, mi cuerpo exige que le clave el pelo con las manos y acerque su boca a la mía.

Pero no puedo, todavía no. Nunca obligaría a una mujer a seguir mis propios caprichos, aunque se necesita la fuerza de voluntad de mil soldados rusos Spetsnaz para detenerme.

Sus ojos se abren cuando me mira a los ojos, la sorpresa cruza mi rostro.

"¿Tengo algo en el pelo?", Dice con una voz mucho más suave.

Al principio no respondo y finalmente doy la respuesta de una palabra por la que los rusos son famosos. "No."

Su cara se enrojece y maldita sea, se ve adorable. ¿Adorable? Esa palabra nunca había pasado por mi mente antes de este momento de mi vida. Estoy hablando como un cachorro enamorado por el amor de Pete.

Joder, cómo quiero decirle cómo me siento, que ella me pertenece, pero es demasiado pronto. Si fuera sincero con ella ahora, la asustaría hasta el punto de que estaría temblando y corriendo hacia el aeropuerto más rápido que Usain Bolt.

Cálmate, muchacho, me digo a mí mismo.

"Odio pedir otro favor, especialmente después de todo lo que usted y sus hombres han hecho, pero ¿tal vez podría prestarme el dinero para un vuelo de regreso a Estados Unidos?"

"No", digo, mi rostro se convierte en un gruñido.

Ella abruptamente da un paso atrás, el miedo surge de mi reacción. Aunque no es por la razón que ella piensa. No es el dinero, es pensar que ella no está en mi vida lo que me vuelve loco. Sólo pensarlo es suficiente para que nuestro equipo en línea hackee la maldita torre de control del aeropuerto de Moscú y cierre todos los vuelos para que ella no pueda escapar.

"Prometo que conseguiré un trabajo tan pronto como aterrice y te pagaré lo antes posible. Haré cualquier trabajo por dinero".

"No harás ningún trabajo por dinero. De hecho, ¿cuánto te ofreció ese puesto online?

"¿El que me trajo hasta aquí?"

Asiento con la cabeza.

"Era todo incluido, lo que significaba que me quedaría con la familia para la que limpiaba, comería gratis y todo eso, y ganaría dos mil dólares al mes". Ella hace una pausa. "Ahora que miro hacia atrás, veo que era demasiado bueno para ser verdad".

"No es tu culpa", digo, finalmente bajando la mano. "Y Moscú es una de las ciudades más caras del mundo, incluso más que lugares como

Nueva York. Dos mil gratis y sin problemas no llegan tan lejos como uno podría pensar, al menos no aquí".

"Debería haberlo investigado mejor".

"Hiciste todo lo que pudiste basándose en el tiempo que tenías y en el hecho de que necesitabas un trabajo rápidamente".

Ella asiente, mirándome con esos involuntarios ojos de cachorrito y casi me derrito.

"Te pagaré el doble".

"¿Doble? No tengo la habilidad suficiente para merecer esa cantidad de dinero".

"Entonces trabajarás más horas para sentir que el dinero se merece", miento entre dientes. No voy a hacer que mi mujer trabaje duro, solo le daré un sentido de propósito y que se corra la voz de que ahora es parte de nuestro equipo, así que a medida que la suba de rango, rápidamente, tendrá el respeto necesario. de los demás miembros de mi personal.

Por mucho que pueda nombrarla para un puesto aún mejor y exigir que la traten con respeto, conozco la naturaleza humana. Necesito que ella tenga ese respeto de los demás porque debo ser veinte años mayor que ella, y un día, cuando esté muerto, todo esto será suyo.

Por supuesto, nuestros hijos estarán aquí para protegerla y velar por ella, pero tengo planes aún mayores para ella. Es hora de convertir este imperio que he creado en un reino moderno, con ella como mi reina.

"Sólo si me pagan lo mínimo, porque soy el más bajo en el tótem. Quiero ganarme la vida". Ella hace una pausa. "Y el tiempo suficiente hasta que tenga suficiente dinero para conseguir un boleto y pagar un depósito para un lugar en Estados Unidos. Entonces me iré".

"Creo que Rusia será de su agrado... pero podemos discutir eso más tarde".

"Trato hecho", dice, tirando la mano.

Extiendo mi mano, en el momento en que mi mano envuelve por completo la de ella, un rayo de electricidad me atraviesa cuando la piel de su pequeña palma se encuentra con la mía.

Me congelo y ella también, hasta que finalmente salgo de allí y le doy la mano, su brazo todavía congelado.

"¿Cuál será mi trabajo?" pregunta, mi mano no está lista para soltar la suya.

"Una criada... tal como te inscribiste cuando subiste a ese vuelo".

"Bien. Eso es lo que quiero. Además, será interesante trabajar en un casino".

"Oh, no vas a trabajar en el casino", le digo hasta el punto que es casi amenazante. Cálmate, Victoria. Cálmate.

"¿Dónde estaré trabajando entonces?"

"Trabajarás... para mí".

CAPÍTULO 4

Terry

Esto es una locura. Debería correr. Debería darme la vuelta y correr hacia el aeropuerto. No pases Ir. No recojas doscientos dólares.

¿Pero correr hacia dónde? ¿Y con qué dinero?

Simplemente hay algo sobreVictoria Eso me atrae. Su gran figura. Sus anchos hombros. Ese bulto en los pantalones de su traje que él no creía que yo notara.

Oh, lo noté bien. ¿Cómo podría perdérmela?

¿Y qué pasó con la forma en que llevó su mano a mi cabello, deteniéndose justo en seco y luego dejándola allí para retirarla mucho, mucho después?

Era casi como si estuviera decidiendo si quería acariciarme como a un gato o devorarme como un león.

Caminamos por el piso del casino hacia el área de empleados. No hace ni una hora que me ofreció el puesto y ahora aquí estoy, duchada y lista para empezar mi primer día, pero no aquí en el casino. Sólo necesita que consiga un uniforme y aparentemente luego regresará a su casa.

Mientras caminamos por el casino, todo lo que puedo ver es una mujer con poca ropa, con senos que desafían la gravedad y una cintura imposible tras otra.

Todos parpadean anteVictoria, y ni siquiera pienses en verme, y mucho menos en saludarme.

Una de las mujeres literalmente salta frente a nosotros mientras caminamos, deteniéndose para decir lo que parece ser un saludo.Victoria, mientras pasa las manos por sus solapas.

"No debes tocarme", dice en inglés.

Pero ella no se rinde tan fácilmente.

Baja la barbilla y responde sumisamente, pero no hace falta saber ruso para leer su lenguaje corporal. Ella está tratando de seducirlo.

De repente sientoVictoriaLa mano de él cubre la mía y nos maniobra alrededor de ella.

"Parecía interesada en desearte un buen día".

"Ella simplemente está celosa".

"De que."

Sus ojos se mueven de frente y giran rápidamente para encontrarse con los míos. "Tú."

El resto del camino, el piso del casino se divide como el Mar Rojo a medida que avanzamos rápidamente hacia la sala de empleados.

"Todos fuera", grita en el momento en que entramos, y la gente corre.

"Ahora", dice, exhalando con fuerza. "Vamos a buscarte un uniforme".

Da un paso atrás y sus ojos me recorren de pies a cabeza, provocando que un escalofrío recorra mi columna y se me ponga la piel de gallina. Me mira como yo miraría mi pastelito favorito con chispas. Es como si quisiera tomarme por completo y meterme en su boca, tragarme entera de un solo trago. Pero por otro lado hay algo en sus ojos que también dice que quiere saborearme, como algo único, raro y delicado.

No sé qué hacer con toda esta situación y decido descartarla como si él le estuviera haciendo un favor a mi papá. Probablemente sienta lástima por mí de todos modos.

"Aquí", dice, sacando un traje de sirvienta del estante y luego sacándolo del plástico. "Prueba este. Es nuevo." Hace una pausa. "Solo toca cuando hayas terminado y volveré a entrar".

"Puedo salir".

"No quiero que nadie más te vea".

Frunzo los labios y trato de no parecer agitada. Genial, no encajo en el molde de sus azafatas de casino de cinco pies nueve y ciento quince libras que parecen salidas de un club de Playboy.

Él se muestra y miro a mi alrededor en busca de cámaras. Seguramente un casino como este los tiene por todas partes ¿verdad? Y seguramente no podré verlos.

Me encojo de hombros y digo: "¿Qué diablos?" en voz baja. No es que vaya a haber una gran demanda de fotos mías en ropa interior en cualquier rincón de Internet en el corto plazo.

Me quito la ropa que me prestó y hago lo mejor que puedo para ponerme el traje de sirvienta.

Es claramente más grande que los trajes de anfitriona de cócteles o cualquiera de los trajes de mucama que vi en las chicas con las que nos cruzamos caminando por el casino.

Me acerco al espejo y saco la etiqueta. ¡Talla dieciséis! No es de extrañar que no pueda respirar.

Necesito un dieciocho, y además un dieciocho americano.

Al alejarme del espejo puedo ver que cada curva está claramente delineada, mis tetas están a punto de salir de la parte superior y mi trasero se ve enorme. Estoy segura de que todas las chicas probablemente piensan lo mismo cuando se prueban casi cualquier prenda ajustada, pero esto es real. Estoy luchando seriamente aquí.

Me acerco al estante y reviso lo que hay allí. "Imagínate", murmuro. Este es fácilmente el uniforme más grande que queda.

No estoy en condiciones de mirarle el diente a un caballo regalado, así que me acerco a la puerta y me preparo para tocarla tres veces. Pero en el momento en que mi mano hace el primer toque, él la abre de un tirón y me mira fijamente desde el otro lado.

Si sus ojos estaban recorriendo mi cuerpo antes entonces realmente me está dando una mirada ahora... hazlo dos veces... y luego tres veces.

"Te ves...", dice, sacudiendo la cabeza mientras rueda los labios como si se estuviera preparando para comer.

"Gordo con este uniforme. Así es como me veo".

"Jodidamente increíble es tu apariencia. Ahora vuelve a ponerte la ropa y salgamos de aquí".

"¿Cambiar de nuevo? ¿Sabes lo difícil que fue meterse en esto?

"No estás caminando por la sala del casino, para que todos te vean, con ese traje".

"Oh, lo siento", digo más que sarcásticamente. "No quisiera arruinar la imagen de marca de su increíble casino, o Dios no lo quiera su reputación".

Me mira con curiosidad, con la cabeza ladeada.

"¿Es eso lo que piensas?"

"¿Que pienso? ¿Crees que estoy ciego? ¿Crees que no puedo sumar dos más dos y obtener cuatro?

"Crees que debido a esas otras mujeres que..."

"Que no quieres que te vean con alguien como yo. ¡Sí! Es exactamente lo que pienso. Rasca eso. No es lo que pienso, es lo que sé".

Sus brazos se disparan, agarrando los costados de mis brazos con firmeza, pero no lo suficiente como para asustarme por completo.

Tengo miedo y estoy nervioso por lo que vendrá después. Y sorprendentemente... encendido.

Su dominio me asusta y excita al mismo tiempo, y siento que mis bragas se humedecen mientras él simplemente me mira fijamente, preparándose para decir algo de importancia.

"Esas mujeres no son más que peones. Eligen vestirse así porque reciben mayores propinas de los hombres de aquí". Hace una pausa. "Pueden usar lo que quieran, pero eligen usar ese atuendo en particular. Todos piden desde el mismo lugar. Lo único que pido es que sean más o menos uniformes. Tú... eres diferente. Eres especial."

"Sí claro." Todavía no estoy del todo convencido.

"¿Sabes lo que daría por una mujer de verdad? ¿Uno que pueda llevar a cenar y no avergonzarme a mí y al anfitrión picoteando su comida como un pájaro? ¿Qué daría por una mujer con cerebro? Cómo me haría sentir poder cambiar al inglés con ella cuando quiera y todos esos oídos que están constantemente escuchando inmediatamente quedan excluidos de la conversación, sin mencionar derribarlos porque todos conocemos al más atractivo. La calidad es inteligencia. Y tienes inteligencia y apariencia a raudales".

"¿Ah, sí?"

"Investigué un poco sobre esos hombres que te secuestraron. Son matones de bajo nivel, pero aparentemente crecen rápidamente, razón por la cual nunca oí hablar de ellos. ¿Sabes cuántas mujeres se han escapado de allí?

Él espera, obligándome a responder. "No sé."

"Nadie lo hace, porque nadie lo ha hecho nunca, hasta tú. Y nadie sabe que has escapado tampoco. No se han puesto en contacto con ningún otro grupo del crimen organizado para encontrarte. Probablemente estén avergonzados y asustados".

"Bien, porque así es como me hicieron sentir".

Puedo verlo físicamente enfurecerse, una vena en su cuello palpita y su mandíbula tan endurecida que podría cortar vidrio con su mandíbula o barbilla. "Y voy a obtener la venganza que te mereces y dejaré libres a todas las mujeres que tienen bajo su control en este momento". Hace una pausa. "Pero volvamos al punto que nos ocupa. Fuiste lo suficientemente inteligente y fuerte para escapar. Añade eso al hecho de que eres joven, hermosa e increíblemente resistente.

Demonios, eres hermosa sin siquiera intentarlo y ni siquiera lo sabes. ¿Cuál es esa canción americana? reflexiona. "¿Ella no sabe que es hermosa? Se ha hecho y rehecho más veces de las que puedo recordar, ¿y por qué? Porque esa es la fantasía de todo hombre, sin importar su origen, nacionalidad, color, lo que sea. Una mujer hermosa y sin actitud es algo muy raro hoy en día".

"Bueno, puede que no tenga actitud, pero estoy lejos de ser hermosa".

"¿Es eso lo que piensas?" Pregunta, acortando aún más la distancia entre nosotros.

Asiento con la cabeza, sin estar segura de qué planea hacer a continuación.

"Yo soy el jefe aquí y lo que digo es incuestionable. Yo digo que eres hermosa, entonces eres hermosa".

Siento mis mejillas calentarse y una gran parte de mí quiere creer sus palabras. Cuando lo miro a los ojos y examino su rostro, parece genuino en todo momento, incluso ahora.

"Pero decirlo es una cosa", continúa. "Probarlo con acción es otra".

"¿Cómo puedes demostrarlo con acciones?"

"Así", dice, y me atrae hacia él, sus labios chocan contra los míos.

CAPÍTULO 5

Victoria

"Asegúrate de que todos en el casino sepan que ella es mía, que estoy secuestrado. No necesito más incidentes como el que ocurrió hace una hora".

"Sí, señor", llega a través del teléfono y hago clic en el botón de finalizar.

Mirando por encima de mi computadora veoTerry Entra a mi oficina con su traje de sirvienta. Cada gramo de mí se tensa, una sensación punzante recorriendo mis venas. Mi polla instantáneamente se pone dura al mirarla con ese traje que abraza las curvas, y las fantasías inmediatamente llenan mi cerebro.

"Nosotros", empiezo, pero tengo la boca demasiado seca. Trago, tratando de meter un poco de saliva en la boca para poder hablar. "Necesitamos pedirte algo de ropa para cuando no estés trabajando".

"Está bien. Puedo lavar lo que tengo".

"Sólo tienes un outfit, más tu outfit de trabajo. Eso no va a ser suficiente".

"Está bien. En realidad."

¿Todo lo que es y también de bajo mantenimiento? ¿Cómo es posible que esta mujer no reciba propuestas de matrimonio cada hora, cada minuto?

"Escucha cariño, las cosas no funcionan así por aquí. Lo que yo digo es válido —digo, recostándome en mi silla.

Pasa un momento y espero ver miedo en sus ojos pero de repente se echa a reír. Ella se ríe de mí en mi propia oficina. La misma oficina donde hice que hombres adultos se orinaran e incluso derramaran sangre en ocasiones. No estoy seguro de si estoy absolutamente consternado por esto, considerándolo increíblemente imprudente e insensible, o si lo encuentro increíblemente refrescante y excitante. Sinceramente, más de lo último.

"Ven aquí", exijo, poniéndole el dorso de mi mano y haciéndole un gesto con cuatro dedos.

Ella se queda quieta por un segundo y luego se acerca. "Más cerca", la insté, y ella se movió detrás de mi escritorio, mirándome como si el aire aquí fuera diferente, si al cruzar el umbral de mi escritorio estuviera entrando en la guarida del oso.

Pero ella viene.

"Elige lo que quieras", le digo con orgullo, haciéndole saber que puedo mantenerla en todos los sentidos.

"No necesito mucho", dice, y añade al carrito sólo unas cuantas camisetas y pantalones, y luego una chaqueta.

Rápidamente hago clic en algunos vestidos bonitos, un par de tacones, pijamas y luego hago clic en la página de sujetadores y bragas, selecciono algunas prendas y aprovecho la oportunidad para recorrer con mis ojos su cuerpo.

Ella ríe. "¿Sabes algo sobre la talla de las mujeres?"

"No", confieso, con una sonrisa cubriendo mi rostro. Estoy completamente desorientado.

"¿Por qué me elegiste la talla uno en todo lo que pusiste en el carrito?"

"Porque eres único".

Ella retrocede, inspecciona mi sinceridad y hace una pausa. "Gracias. No recuerdo que nadie haya dicho algo tan bueno sobre mí".

"Has estado saliendo con las personas equivocadas. Estás conmigo ahora, así que será mejor que te acostumbres".

"¿Es eso una amenaza?" ella bromea.

"Es una promesa", le respondo.

Se inclina hacia adelante y hace clic en el botón del carrito para cambiar las tallas, pero el único tamaño que me preocupa es pasar mi gruesa polla a través de su escote, que está peligrosamente cerca de rozar el dorso de mi mano.

¡Mierda! Si giro mi mano podría apretar sus tetas, atraerla hacia mí y violarla aquí y ahora.

Nuestro beso en el casino permanece en el aire, pero ninguno de nosotros habla de ello. Sin embargo, ella definitivamente se ha relajado. Ella es juguetona y casi arrogante, y alguna vez me gusta eso.

"Eso es más que suficiente. Gracias. Empezaré a limpiar ahora si me puedes decir dónde están el plumero y los suministros".

"En el estante superior, justo ahí en ese armario", digo, señalando una pared lateral que tiene una puerta imperceptible que salta cuando la presionas.

"¿Qué gabinete?"

"Presiona contra la pared y verás".

La observo mientras se acerca y noto que sus caderas se balancean mucho más que en el casino.

Me imagino mis manos agarrándola por la cintura mientras la embisto por detrás, llenándola con mi semilla, reproduciéndome con ella, formando una familia con ella. Para siempre.

Simplemente hay una especie de angustia que es mayor de la que encontrarías en una historia de Anton Chejov que me devana el cerebro en este momento. Esa tragedia rusa que tanto prevalece en nuestra cultura. Algo sobre verla, pero no poder tocarla. Simplemente no está bien.

"Bastante elegante", dice cuando la pared se abre.

"Tengo todo tipo de sorpresas que ni siquiera has visto todavía".

"Mantendré los ojos bien abiertos", dice, justo antes de ponerse de puntillas para alcanzar lo que necesita.

La forma en que se ve su cuerpo cuando sus pantorrillas están flexionadas y la parte inferior de ese uniforme de sirvienta francesa se levanta, casi exponiendo el pliegue inferior de su trasero, me hace sentir completamente territorial con ella. Sería el hombre más enojado del mundo si ella estuviera haciendo esto en el casino y alguien más la viera... ojos que tendría que arrancar con mis propias manos.

Ella agarra lo que necesita y regresa desprevenida. "Este uniforme es demasiado ajustado".

No, estás haciendo que mis pelotas se tensen y estoy peligrosamente cerca de derramar mi semilla en mis pantalones como un adolescente cachondo.

"Está bien", digo. ¿Cómo puede estar mal cuando está apegado a ella? No puede. Nunca podrá hacerlo.

Jugueteo con el carrito de compras en línea mientras la miro por el rabillo del ojo mientras limpia. No sé si soy un halcón cazando a su presa o simplemente soy un acosador espeluznante que intenta evitar que me detecten. De cualquier manera, si ella no detectó mi necesidad por ella en mis pantalones cuando se acercó detrás de mi escritorio, entonces seguramente lo haría ahora si me levanto, lo cual no está sucediendo en este momento.

Mi ingle palpita de dolor, de necesidad por ella.

Observo ese increíble cuerpo suyo girar y girar mientras limpia con orgullo. Ella debería. Todo esto será la mitad de ella...pronto, muy pronto.

Ella va a desempolvar una estatua y el brazo atrapa su plumero y éste cae al suelo. Se inclina para recuperarlo y se desata el infierno dentro de mi mente cuando veo su trasero, el jugoso melocotón que es, justo en mi línea de visión. Es como si ese atuendo estuviera hecho para ella, y de alguna manera hace que su perfecto trasero de manzana sea aún más perfecto, si eso es posible.

Mi polla se contrae y pongo la palma de mi mano encima debajo de mi escritorio, tratando de controlar al cabrón. Lo último que necesito ahora es que ella me mire tratando de controlar la erección salvaje en mis pantalones.

Se gira para mirarme y casi me pilla en el acto, entrecerrando la mirada.

"Crees que soy una especie de chico malo. Puedo verlo en la forma en que me miras".

Ella no responde.

"Eso no es lo que hago. Soy un hombre de negocios que toma decisiones que impactan la vida de las personas". Hago una pausa. "¿Esas mujeres en el casino? Todos fueron traficados, igual que tú. Los trajimos de lugares como Dubai, Singapur e incluso Nueva York, y les dimos una nueva vida aquí. Muchos de ellos usan esos trajes diminutos porque es todo lo que saben después de años de ser tratados de una manera que ningún ser humano debería ser tratado.

Es un destino que nadie debería afrontar y me cabrea hasta el final". Hago una pausa de nuevo, sintiendo que mi pulso se acelera mientras las yemas de mis dedos se frotan contra mis palmas. "Lo hacen porque reciben más propinas, pero lo que realmente necesitan es más tiempo contigo".

"¿A mi alrededor?"

"Exactamente."

"¿Qué podría hacer yo por ellos?"

"Creen que esos hombres sólo las quieren por su cuerpo, pero se equivocan. Se están perdiendo el panorama general. Esos hombres se sienten solos y lo que más quieren es bromas divertidas. Una mujer que lo muestra todo no resulta atractiva para ningún hombre que yo conozca".

"Imposible."

"Es contradictorio, pero cierto. Lo que un hombre realmente quiere, lo que realmente le da vida, es el ir y venir con una mujer ingeniosa que sabe lo que quiere".

"No estoy muy seguro."

"Oh! Soy yo."

Ella me inspecciona con esa tristeza posparto. "¿Por qué dirías eso?"

"Porque toda mi vida he tenido a esas mujeres arrojándose sobre mí y ni una sola vez, ni siquiera por un solo momento, consideré aceptar sus ofertas, sea lo que sea que impliquen".

"Pero ese eres tú. Necesitas un desafío".

"Tienes sólo la mitad de razón".

"Oh, tengo razón."

"Tienes razón, está bien", le digo, poniéndome de pie y ya sin importarme un bledo que ella vea lo que me hace, la necesidad que surge en mí. "Eres exactamente lo adecuado para mí y eres el desafío de mi vida".

"Simplemente tienes curiosidad porque soy diferente".

"No sólo eres diferente", le digo acercándome a ella. "Eres único y es hora de que te muestre lo que eso significa".

CAPÍTULO 6

Terry

miro hacia arribaVictoria, la luz de la ventana proyecta una sombra en su mandíbula cuadrada. Puedo imaginarme su rostro y su cuerpo esculpidos y exhibidos en el Hermitage de San Petersburgo... ¿y sin embargo dice que me quiere?

Incluso a esta hora tan temprana tiene una sombra de cinco en punto y una mirada en sus ojos que me hace preguntarme si durmió algo anoche o si estaba despierto pensando en mí.

Puedo imaginarme la piel de esa mandíbula rozando entre mis muslos, llevándome a un punto en el que nunca había estado antes. Tenía ganas de pasar mis manos por su rostro, queriendo sentir su áspera masculinidad en mis suaves manos.

Aún así, su cabello negro con algunos mechones grises está perfecto, pero con indiferencia, peinado hacia un lado, acentuando solo sus rasgos llamativos.

Y a pesar de ser un hombre, un hombre de verdad, sus labios eran carnosos y besables, y mi mente corría con todas las cosas que podía hacerme con esos labios y su lengua, mientras ese vello de su rostro rozaba el interior de mi cuerpo. mis muslos.

Intento tragar, pero tengo la boca seca. Quiero decirle lo que quiero y lo que necesita saber si esto va a funcionar, pero mis cuerdas vocales me están traicionando.

Puedo sentir mi corazón golpeando contra mi caja torácica con tanta fuerza que se siente como un martillo golpeando acero, presionado contra un yunque. Juro que él pudo oírlo, porque yo seguro que pude sentirlo.

Golpe, golpe. Golpe, golpe. Golpe, golpe.

Una parte de mí deseaba tanto esto, pero otra parte de mí se preguntaba cómo podría funcionar realmente. ¿Fue esto algo único...

algo que les cuenta a chicas jóvenes e ingenuas como yo? ¿O fue esto real, como esperaba y sentía?

Simplemente no quería que me engañaran y sentir ese tipo de angustia. Ahora no. Jamas.

Puedo simplemente hacer mi trabajo, conseguir mi dinero y regresar a Estados Unidos, acumulando esto como una situación loca de la que tuve la suerte de escapar con vida.

O puedo recordar las cosas buenas que dijo papá sobreVictoria. No hablaba mucho de él, pero cuando mencionaba su nombre siempre iba precedido de una sonrisa genuina y una especie de reverencia por otra persona que no era común en mi papá.

Si estuviera aquí, querría esto tanto como yo.

Antes de que mi mente tenga tiempo de cuestionar algo más, sus labios encuentran los míos y me devora con avidez. La voz en el fondo de mi cabeza se calma y me derrito en él, besándolo con el mismo abandono imprudente que me está mostrando, haciendo que mis pezones se endurezcan y mi clítoris palpite... y ni siquiera me ha tocado en ninguno de los puntos... todavía. .

No podía recuperar el aliento, el aire de la habitación estaba cargado con el olor de dos animales lujuriosos, una atracción salvaje el uno por el otro.

"Terry", gime en mi boca y siento que mi coño se contrae y queda vacío.

Levanto mis manos y tomo su rostro mientras sus dos manos encuentran las mías, acercando mis labios a los suyos aún más fuerte mientras él me reclama posesivamente, antes de retroceder.

"Maldita sea, eres increíble", dice, mirándome a los ojos como un hombre completamente loco, sus pupilas se dilatan mientras permanecen fijas en las mías como un misil en busca de calor. "Traté de esperar... traté de darte algún trabajo para poder esperar y no parecer que me había ido por ti por completo, pero lo estoy... y esta fachada de trabajo de sirvienta solo duró, ¿qué? ¿Diez minutos?"

"¿Qué te hace pensar que nosotros dos no podremos durar más?"

Toma una de mis manos al instante, la lleva a su pecho y la sostiene allí. "¿Sientes eso?"

"Sí", exhalo suavemente.

"Nunca nadie me ha hecho eso. Nadie más que tú."

"¿Pero qué pasa mañana y pasado? ¿Y el año después de eso? ¿Y luego la próxima década?

"Tengo treinta y nueve años. Sé quién soy y lo que quiero. No dudo y no renuncio. Cuando veo algo que quiero, lo busco con todo lo que tengo. La única vez que no lo hice ya me arrepiento".

"¿Cuando fue eso?"

"Esta mañana, cuando te llevé a buscar un traje para ese trabajo falso que creé solo para ti, solo para cumplir mi fantasía de tenerte aquí, en mi oficina, para poder observarte".

"¿Entonces no dudaste?"

"Lo hice, porque ya podría haberte hecho mío".

Me atrae de nuevo, reclamándome con fuerza, pero esta vez sus manos encuentran mis globos, masajeando mis glúteos con fuerza antes de levantarme del suelo como si mi cuerpo fuera completamente intrascendente, sin luchar en absoluto como si fuera liviano como una pluma. . Mis piernas inmediatamente se envuelven alrededor de su cintura.

Segundos después siento mi espalda presionada contra la pared, pero esta pared no se abre para revelar un gabinete secreto, un escondite o cualquier otro truco que pueda tener bajo la manga.

"Y si" después de "y si" vuelve a pasar por mi cerebro, pero son rápidamente descartados gracias al calor entre nosotros.

"Te reclamé frente a toda mi organización, a todo mi personal, a todos. Eso es algo jodidamente importante en el mundo que ocupo —gruñe en mi boca.

"¿Qué organización es esa?" digo, retrocediendo.

"No todo lo que parece malo es malo, como intenté explicar".

"Necesito que me expliques qué eres ahora, quién eres ahora. No eres sólo el amigo estudiante de intercambio de mi padre de hace años".

"Soy eso y siempre seré eso, pero sí, las cosas han cambiado".

"¿Cambiar cómo? ¿Eres... mafioso?

"¿Dirijo un sindicato del crimen organizado que hará lo que sea necesario para proteger lo que construimos, en lo que creemos? Tienes toda la razón, al igual que siempre me pondré en peligro si alguien se cruza en tu camino, como debería hacerlo cualquier hombre con su mujer. ¿Pero puedo garantizarte que estás a salvo conmigo?

"¿Como puedo estar seguro?"

"Tienes mi palabra, y mi palabra lo es todo".

No quiero cuestionarlo y aparentemente él puede leerlo en mis ojos.

"Puedo seguir y seguir diciendo que todo esto es a prueba de balas y blindado, e incluso que tengo estrechos vínculos con el Kremlin y que la influencia de Putin no irá a ninguna parte en el corto plazo. Pero el quid de la cuestión es que soy un hombre que considera que ciertas creencias son inquebrantables, tal como mi palabra. Y cuando le digo a la primera mujer de mi vida que es mía, tú, eso significa todo, tal como tú lo significas todo".

Mariposas revolotean en mi estómago ante su fuerte confesión, y está lejos de ser la última... hay más.

"Te he deseado desde el momento en que te vi. Me enojó que uno de mis hombres estuviera allí para salvarte, para levantarte y tocarte con sus manos y no yo. Sé que eres más joven que yo. Sé que eres la hija de mi viejo amigo, una amiga con la que no he mantenido un contacto cercano a lo largo de los años, pero sigue siendo una amiga.

Un amigo es alguien con quien nunca te cruzarías... alguien cuya familia cuidas. ¿Y cómo puedo ser más honorable que hacer de su carne y sangre mi carne y sangre... y luego hacer nuestra propia carne y sangre... juntos?

Respira profundamente y gira la cabeza hacia un lado para exhalar, haciendo que mi mente regrese a la habitación, y no solo a su cabeza y sus palabras. Sólo ahora me doy cuenta de lo cerca que estuvieron nuestras caras todo ese tiempo y, sorprendentemente, de lo cómoda que me hizo sentir.

Mi ansiedad social, si se llama así, se extiende a la gente que está en mi espacio personal, al ruido cuando intento leer y, sobre todo, cuando la gente incluso me da una palmada en la espalda o quiere darme un abrazo. Sin embargo, aquí estoy, con sus manos ahuecando mi trasero y mi espalda contra la pared mientras todo su cuerpo está a sólo unos centímetros del mío. Y mis piernas están envueltas alrededor de su cintura, colgando porque él me tiene y la idea de que me deje ir ni siquiera está en mi mente en lo más mínimo.

El aire era tan denso que sería como tratar de nadar a través de un pantano lleno de arenas movedizas, y me estaba ahogando... en sus palabras, sus promesas, el código por el cual vive su vida y todo lo relacionado con él.

"Quizás te preguntes si esto es sólo un deseo pasajero. No. Esto es real. Esto es todo. Estoy enamorado de ti y no hay nada que nadie pueda ni hará jamás para cambiar eso. Y no pararé hasta que seas mía".

Victoria me ama. El me ama.

CAPÍTULO 7

Victoria

Eso fue todo. Me expongo claramente para que ella sepa exactamente cuál es mi posición.

Soy un hombre que sabe lo que quiere y la quiero más que a nada en el mundo. Hago una pausa, esperando su reacción.

"¿Me amas?"

"Nunca hablo a menos que esté seguro, y nunca digo algo en lo que no creo absolutamente con todo lo que tengo.

Trago fuerte. "Y estoy seguro de que te amo, y puedes creer en eso... para siempre. Eres mía y sólo mía. Nunca he deseado tanto a nadie en mi vida. Demonios, sólo la idea de que otro hombre te mire me vuelve loca, la ira corre por mis venas y pensamientos salvajes de violencia palpitan en mi cráneo.

Podía sentir mi respiración acelerarse un poco más, la expresión de su rostro ante mis palabras me excitaba aún más, a pesar de que pensaba que ya estaba en mi punto máximo. Ella saca a relucir cosas en mí que ni siquiera sabía sobre mí.

Lentamente su boca se mueve hasta que se muerde ligeramente el labio inferior.

"Incluso si me dices que me mantenga alejado, no podría hacerlo. Esa es la verdad. Me vuelves absolutamente loca, mujer.

Ella exhala con fuerza.

"¿Dime que también quieres esto?"

Ella asiente.

"Dilo. Quiero oírlo deslizarse de esos dulces y hermosos labios tuyos".

"Sí."

"¿Haces qué?" Gruño, casi a punto de explotar.

"Te deseo, Victoria. Te quiero más de lo que podrías saber. Las historias que contaba mi padre... la forma en que me miras con tanta pasión en tus ojos, diablos en todo tu ser... la vida que vives sin tener que preocuparte por nada porque eres tan dominante, tan alfa y tan temido pero al mismo tiempo reverenciado. Por todos."

"Hay muchas preocupaciones en mi vida, pero cuando estoy contigo todas desaparecen. Y nunca encontrarán el camino hacia ti. Me encargaré de cualquier cosa. Lo único que tienes que cuidar es la familia que tendremos juntos y mi gran necesidad por ti, pero esa es una tarea imposible".

"Puedo hacer lo mejor que puedo, pero tengo que contarles algo al respecto. Necesito que sepas que es posible que las cosas no sean perfectas al principio".

"Es el comienzo y eres perfecto", gruñí. "Cualquiera que te diga lo contrario puede venir a verme y nunca más lo volveremos a ver ni a saber de él".

"No es eso, es solo que, bueno... sabes que esta es mi primera vez, ¿verdad?" ella susurra.

Gimo y cierro los ojos mientras mi cabeza cae hacia la curva de su cuello. "Una virgen", gruñí. "Mío y sólo mío... siempre".

"Joder, soy tan duro para ti, Terry", gimo en su oído. "Tengo que estar dentro de ti, necesito reclamarte. Absolutamente debo follarte hasta que no puedas caminar derecho, hasta que estés embarazada de mi bebé.

"Entonces hacerlo, Victoria. Fóllame y fóllame bien, como quieras, porque eso es exactamente lo que quiero.

"Entonces eso es exactamente lo que voy a hacer", gruñí, moviéndonos rápidamente hacia el escritorio.

CAPÍTULO 8

Terry

Es como si le hubieran quitado todo el aire de la habitación. No puedo respirar, no puedo pensar y gracias a Dios es él quien me apoya porque no hay manera de que pueda poner un pie delante del otro.

Era como una bestia, un depredador salvaje que había salido de su cueva después de una hibernación de toda la vida esperando devorar a su presa. Pero esa presa era yo, y sólo yo.

Con mis piernas alrededor de su cintura, me lleva a su escritorio, me sienta en la gruesa madera y rápidamente levanta la parte inferior de mi traje de sirvienta.

Podía sentir el aire en mis bragas, que rápidamente tira hacia un lado, exponiéndome a alguien por primera vez.

Pero él no es alguien ni nadie, lo es todo.

Él gime y luego lame mi raja haciendo que mi sangre hierva como lava fundida, como si hubiera echado gasolina sobre un fuego que ya estaba fuera de control.

Tiene hambre, mucha hambre de mí, y lloro por la sensibilidad cuando desliza su lengua dentro de mi canal húmedo, encontrando todos esos nervios intactos por primera vez.

Mi cabeza cae hacia atrás y mis manos intentan sostenerme presionando con fuerza contra el escritorio, pero ya estoy mareado.

"Mi coño", gime en mi agujero mientras se deleita con mi carne. Su lengua se desliza hacia arriba y golpea mi protuberancia, antes de llevársela a la boca y hacerla girar. Luego hace una figura de ocho antes de aspirarlo, soplarlo y golpearlo un poco más.

"Estoy cerca, Victoria", lloriqueo, aunque nunca he tenido un orgasmo para compararlo. No necesito experiencia, sólo lo sé, como si sé que él es el hombre para mí.

"Ven a mi cara para que pueda reclamar tu cereza y mostrarte lo que obtendrás todos los días por el resto de tu vida".

Mis caderas se empujan contra su cara y mis muslos se aprietan contra su cráneo.

"Más", exige. "Muele tu coño en mi cara. Dámelo".

Hago lo que me dicen sólo para sentir las vibraciones en todo mi cuerpo mientras él gruñe: "¡Más!"

Es más de lo que puedo soportar y siento una ola sobre mí justo antes de que mis caderas se muevan salvajemente y mis manos cedan.

Su mano sale de la nada, atrapando mi caída y acomodando mi espalda y mi cabeza sobre el escritorio mientras mi cuerpo sufre espasmos y él bebe de mi fuente... hasta la última gota.

"Ay dios mío. ¿Lo que acaba de suceder?" Digo mientras mi pecho se agita y el techo gira. Juro que tengo los brazos entumecidos.

"Lo que pasó es... eres mía, o al menos eso es sólo un pequeño adelanto de que eres mía. Hay mucho más por venir, más de lo que puedes manejar".

"Estoy listo para intentarlo", lloriqueo, todavía completamente agotado.

Lentamente endereza las piernas y se inclina, su polla presionando contra mi cuerpo mostrándome lo largo, grueso y necesitado que está en este momento.

"Bien, porque hay mucho más que tengo para darte".

Se me pone la piel de gallina y siento una gota de sudor caer de mi frente hacia la mesa.

"Estoy listo", digo.

"¿Qué dices entonces?" pregunta, moviendo la cabeza hacia atrás mientras me mira fijamente a través de estrechas rendijas. Sus párpados están tan tensos, tan apretados, que parece un gato salvaje acechando a su víctima.

"¿Por favor qué?"

"Por favor, fóllame ahora mismo", exijo.

Sin perder un segundo más, agarra su cremallera y la baja, su bulto sobresale por el agujero, pero no es suficiente. Abre y quita la hebilla del cinturón. "Para más tarde", dice mientras el cuero y el platino caen al suelo.

Mete la mano dentro de su ropa interior y saca su enorme miembro. "He estado guardando esto toda mi vida para ti y sólo para ti".

Sus ojos se mueven hacia mi coño aún expuesto. Puedo sentir mi raja medio cubierta y la otra mitad no por mis bragas. Pero un segundo después está desnudo, cuando su mano se lanza, agarra la tela y la tira limpiamente por mis muslos y mis piernas.

"Joder, estás tan mojado por mí". Él me mira fijamente. "Y sé que mi lengua te limpió hasta que estuviste completamente seco".

"Sí, esto es nuevo. Esto es para ti. Este es mi cuerpo dándote la bienvenida, invitándote a llevarme. Clavar eso en mí para que estemos conectados como uno solo".

"Así que es imposible saber dónde termina uno de nosotros y comienza el otro", decimos al unísono, pero no hay sonrisas ni carcajadas ante el ritmo sincronizado de nuestras palabras. Sólo hambre y la promesa de un siempre.

Aprieta su abultada erección y lleva la corona directamente a mi entrada. "Quiero ir despacio. Quiero abrirme a ti poco a poco y darte la oportunidad de adaptarte, pero sé que no puedo".

"Bien, porque todo en ti es tan dominante que está claro que el mundo necesita adaptarse a tu presencia, y no al revés".

Él sonríe y casi pierdo el control.

"Adáptate a nuestra presencia ahora", me corrige. "Es hora de acostumbrarse".

"Nunca me acostumbraré a ti, a los sentimientos que me das".

Nos miramos fijamente durante un largo momento, sabiendo que esta es la última vez que estamos en este mundo como individuos. Una vez que me diga que somos uno. No hay vuelta atrás.

"Quiero hacerte pedazos".

"Lo sé. Yo lo quiero también."

Siento que estoy goteando de necesidad por él mientras él desliza su polla a través de mis pliegues, mis caderas intentan flexionarse para obligarlo dentro de mí, pero es demasiado fuerte, demasiado poderoso.

"¿Estás listo para convertirte en uno?"

Asiento con la cabeza. "Si por siempre."

Se inclina, sus labios se detienen a un pelo de los míos mientras su otra mano encuentra el escritorio, estabilizándose.

"Para siempre comienza, ahora mismo... ¡ahora!" Dice mientras empuja dentro de mí de un solo golpe.

Todo, cada parte de mí cambia para siempre.

No puedo respirar. Veo una luz blanca destellar frente a mis ojos y, cuando se retira, veo su rostro. Y luego sus labios tocan los míos, pero no puedo devolverle el beso.

Estoy paralizado, lleno y completo.

"¿Estás bien?" pregunta, con sincera empatía en su voz.

"Ajá", me quejo.

"No lo soy", dice.

"¿Qué?" Cuestiono con ira.

"Porque soy jodidamente perfecto por primera vez en mi vida".

Mi preocupación y mi enojo rápidamente se convierten en felicidad, pero cuando él desliza su polla lentamente fuera de mi canal, el vacío que se crea me enoja como nunca antes.

Alcanzo sus caderas, tratando de volver a meterlo dentro de mí, pero es demasiado, demasiado fuerte.

"¿Quieres más, mujer mía?" gruñe posesivamente.

"Siempre."

"Y siempre es exactamente con qué frecuencia mi mujer obtendrá lo que quiere", dice con los dientes apretados, deslizándose hacia atrás dentro de mí.

La incomodidad se desvanece lentamente, la sensación de él abriendo mis paredes, las terminaciones nerviosas experimentando algo completamente extraño tomando el control, se afianza.

Al principio me dolió un poco, pero sólo de la mejor manera.

"Me siento tan completa, tan llena con tu polla enterrada dentro de mí".

"Bien", gruñe. "Entonces enterraréme dentro de ti una y otra vez", sugiere, mientras sus embestidas aumentan en velocidad y tenacidad.

Él apoya su frente en la mía, pero en poco tiempo es una fiesta de sexo total, mi espalda se desliza hacia arriba y hacia abajo sobre su escritorio mientras él embiste su gruesa polla dentro de mí.

"Oh, joder, Victoria", grito, haciéndolo aullar como un lobo mientras se entierra en mí una y otra vez.

"Tú... oh... vale..." pregunta mientras sus caderas golpean como un pistón.

"Uh—huh", logré decir.

"Bien, porque no hay manera de que pueda detenerme incluso si un millón de ganchos de grúa estuvieran sujetos a mi espalda, todos ellos tratando de alejarme de ti".

"Joder, esto se siente tan bien", grito.

Su polla entra y sale, la fricción hace que todo mi cuerpo se caliente aún más, hasta que de repente agarra mi cintura con fuerza y mete todo lo que tiene dentro de mí.

Pensé que ya lo tenía todo, pero que equivocada estaba.

"Voy a correrme dentro de ti", grita mientras sus dedos se clavan en mi piel, advirtiéndome de los moretones que aparecerán.

Bien, quiero que me marque.

De repente todo su cuerpo convulsiona y siento un géiser caliente explotar dentro de mí. Mi cuerpo reacciona inmediatamente cuando mis paredes se tensan a su alrededor, ordeñandolo mientras exploto sobre su polla, que continúa arrojando semillas dentro de mí, plantando nuestro primer hijo, que crecerá dentro de mí.

Luego cae sobre mi pecho y ambos jadeamos por aire.

Intento levantar mis brazos para rodearlo con ellos, pero no puedo. Simplemente dejo que esta euforia me invada, asimilando todo. Puedo sentir su corazón latiendo salvajemente contra mi propio pecho, nuestros latidos al ritmo.

"Te amo", dice de nuevo.

"Te amo muchísimo", digo con todo lo que tengo, nunca me había sentido tan feliz en toda mi vida, y la razón era clara.

Él...corríjanos...nosotros.

CAPÍTULO 9

Victoria

El día siguiente

"¿Listo, jefe?" pregunta Sergio.

Asiento con la cabeza.

"¿No puedes decirme adónde vas?" ella pregunta.

"Los negocios son negocios y como te dije, y como te prometo siempre, nunca te molestaré con cosas frívolas. Y todo lo que sea un problema es frívolo, porque lo manejaré con rapidez y con sorprendente finalidad".

"¿Pero cómo puede ser frívolo si le estás dando tanta importancia?"

Le hago un gesto a Sergiu y él sale sabiamente de la habitación, cerrando la puerta de mi oficina detrás de él.

"Hermosa", digo, tomando su rostro entre las manos. "Te lo diré cuando regrese, pero no antes. ¿Lo entiendes?"

Ella asiente sin que yo necesite guiar su cabeza en esa dirección.

"Hay algo en esta vida de la que ahora formas parte y que siempre debes comprender. La vida que compartiremos juntos, pero también el negocio en el que estoy, el país en el que vivo. Es nuestra cultura, la forma en que sobrevivimos y la forma en que nos comunicamos". Hago una pausa. "Nunca debemos cuestionar al otro delante de otras personas. Detrás de puertas cerradas es donde se resuelven todos los problemas, aunque nunca habrá más después de esto. Siempre debemos estar unidos cuando salgamos. Y esto no es algo en lo que tendrás que pensar, te resultará natural porque lo seremos.

Si es forzado, aunque sea por un segundo, hay un problema en nuestra relación y no lo toleraré. Siempre lo arreglaré. No sólo eso, sino que otros lo verán como una debilidad y un área potencial para encontrar una grieta y martillarla hasta convertirla en un agujero. Y no tendremos agujeros. Uno. Para siempre."

Ella asiente de nuevo.

"Bien", digo, besándola en la frente. "Tengo que ir ahora."

"¿Puedes besarme antes de irte?"

"Te besaré ahora y cuando regrese cubriré tu cuerpo de besos, ya verás".

La agarro por la cintura y la levanto del suelo para que esté a la altura de mis ojos, besándola fuerte y apasionadamente, mi necesidad aumenta de inmediato, pero no puedo responder la llamada en este momento. Ya hice otra llamada mucho más importante y ahora es el momento de seguir adelante.

"Volveré tan pronto como pueda. Te lo prometo y sabes que mi promesa siempre es buena".

"Está bien", dice, y veo el dolor en sus ojos, mis puños se aprietan. El hecho de que tenga que dejarla por un segundo me molesta muchísimo, y voy a hacer que el bastardo que causó esto pague aún más de lo que ya va a pagar.

Me acerco a la puerta sin mirar atrás porque sé que si lo hago no podré salir y hacer lo que hay que hacer. La llevaré y continuaré donde lo dejamos ayer, anoche y hasta bien entrada la mañana.

Pero lo que hay que hacer ahora garantiza que el resto de nuestras vidas sea pacífica, que nuestra familia esté segura, y ésta no es una tarea que pueda delegar.

Esto es personal y no voy a seguir el camino. Voy a hacer esto solo... yo mismo.

CAPÍTULO 10

Terry

Miro el reloj en la pared, acostado en la cama queVictoria Me hizo suyo hace menos de veinticuatro horas. Tuvimos sexo imprudente y amor tierno. Pasamos horas juntos y quiero recuperar eso. No quiero que se vaya, y pensamientos sobre lo que podría pasarle bailan en mi cabeza cuando preferiría estar bailando en privado con él, desnuda, aquí en su habitación.

Nuestra habitación.

La idea de ello todavía me provoca escalofríos. Es tan nuevo y tan rápido, y tan diferente a todo lo que podría haber esperado.

Y necesito fijarme algunas expectativas y actuar como un adulto, a pesar de mis apenas dieciocho años de experiencia de vida.

Más temprano algunas de las chicas vinieron y saludaron. Esta vez fueron extremadamente amables y se ofrecieron a tomarse el tiempo para conocernos. No me comprometí porque no estaba seguro de quéVictoria diría. Me hace darme cuenta de que necesito valerme por mí misma y tomar decisiones por mí misma, a pesar de ser la mujer de un hombre tan poderoso.

No quiero ser una mujer mantenida, quiero lograr mis propios logros, extender mis alas y volar sola. Y sé que lo haré, una vezVictoria hace lo que tiene que hacer y regresa y todo queda claro.

Mientras miro al suelo y veo el espejo de gran tamaño que se cayó, pero de alguna manera no se rompió, una sonrisa cubre mi rostro.Victoria Me tomó con tanta violencia que el espejo se cayó de la pared y ni siquiera notamos el golpe. Dice que pesa casi doscientas libras y que fue montado con tornillos de calidad industrial. Oh, él sabe un par de cosas sobre tornillos, considerando la forma en que giró sus caderas mientras deslizaba su vara profundamente dentro de mí, el placer fue inmenso.

Pero tenía que saber qué era lo que lo volvía tan loco en mí. A pesar de todo lo que me había dicho y mostrado, simplemente no cuadraba.

Básicamente repitió lo que ya había dicho en ese momento cuando le pregunté en las primeras horas de la mañana, pero ahora de repente tiene sentido.

Esta es una cultura completamente diferente, una que no siempre considera el cuerpo como un objeto sexual, como parecen hacer muchos hombres en Occidente, a pesar de los juegos que intentan jugar para fingir que eso no es exactamente lo que son. haciendo.

Este país es de la vieja escuela. Se trata de familia, una conexión y un sentimiento.

¿Creo que soy bonita? Como la mayoría de las mujeres, en realidad no. No me estoy castigando por eso, pero diría que soy promedio y me siento cómodo con eso.

PeroVictoria no, y su fascinación por mí es sincera y sé que será duradera.

En todo caso, la forma en que me hace sentir sólo me hace sentir mejor conmigo mismo, y sé que eso ya se está irradiando hacia afuera. No quiero sonar como un hippie de la nueva era, pero es real. Me siento más hermosa cuando él está cerca, por eso soy más hermosa.

Es un hombre de verdad, uno que empodera a su mujer sin llamar la atención, sin que yo necesariamente me dé cuenta, y nunca pide ningún tipo de agradecimiento ni nada por el estilo.

La sabiduría y la experiencia de su época son más que atractivas y él me atrae como un imán.

De repente la puerta se abre de golpe. "¡Estás de vuelta!"

"Ven a mí. Te necesito en mis brazos, mujer".

Salto de la cama como un cohete, vuelo por la habitación y me dejo fundir en su gran cuerpo.

"¿Qué pasó? ¿Está todo bien?"

Me besa en la cabeza. "Se hace. Ese hombre nunca más te molestará a ti ni a nadie. Tampoco los que trabajan para él".

"¿Lo hiciste arrestar?"

No dice nada hasta que me alejo un poco, dándome suficiente espacio para mirarlo.

"Esto es Rusia. Hay un tipo diferente de ley. Manejamos las cosas de diferentes maneras. Lo último que nuestro país necesita es pagar para que un hombre así permanezca en la cárcel por el resto de su vida, costando a los contribuyentes millones de dólares cuando finalmente dé su último aliento".

"¿Vos tambien?"

"Por favor, estas no son preguntas por las que debas preocuparte o hacer. Solo debes saber que estás a salvo, siempre. Y la mejor parte de esta historia... las mujeres que tuvo", hace una pausa, apretando los dientes. "Esas mujeres van a recibir terapia ahora, en una clínica de mi propiedad. Y luego les ofrecerán trabajos en el casino... trabajos bien remunerados. O cuando completen con éxito su terapia también podrán elegir seguir su propio camino y seguir con sus vidas, como personas libres".

"Eso es increíble. Maravilloso —digo, sin siquiera darme cuenta de que lo estoy inspeccionando en busca de heridas o salpicaduras de sangre o algo así. Pero él se da cuenta.

"Estoy bien. No me han tocado ni un pelo de la cabeza". Hace una pausa. "Y como dije, ahora también eres libre. Todos ganan".

"¿Eso es todo?"

"Eso es todo. Ha sido atendido en su totalidad. Eres libre. Libre de hacer lo que quieras ahora". Hace una nueva pausa. "Ahora, si me disculpan, debo hacer una llamada telefónica a mis asociados".

Asiento, pero es más que forzado.

Se da vuelta y sale del dormitorio.

CAPÍTULO 11

Victoria

No sólo les informo a los otros jefes criminales y gubernamentales lo que he hecho con esa escoria y su tripulación, sino también queTerry es mi mujer. Me casaré con ella el mes que viene y están todos invitados.

Lo haría hoy, pero quiero que tenga tiempo y disfrute de la anticipación de nuestra próxima boda, la que ni siquiera sabe que está sucediendo... todavía.

"Gracias", digo, mientras Sergiu me trae el anillo que encargué esta mañana a un amigo de toda la vida y joyero.

Lo inspecciono para ver si está perfecto y tomo nota mental de darle una generosa propina a mi amigo. Vale la pena tener buenos amigos, dinero y conexiones. El hecho de que él pudiera preparar este anillo tan rápidamente me recuerda todo lo que tengo y me muestra de alguna manera que no tenía nada hasta que la encontré.

Y si informar a todas las figuras importantes de Moscú que ella es mía no es suficiente, este anillo será un recordatorio constante para ellos, para ella, para mí y para el mundo.

También se difundirá lo que yo personalmente le hice a ese hombre, cómo lo alargué y observé el dolor que experimentó. Lo único que me cabrea es que todavía no sufre. Podría ser torturado durante cien vidas y aún así no compensaría las mentiras y el abuso por el que hizo pasar a esas mujeres.

Desagradable.

Pero eso ya está solucionado, al igual que mis llamadas telefónicas. Y ahora es el momento de mostrarle a quién pertenece, de la manera simbólica que lo hacemos los humanos de todo el mundo... poniendo esta gran piedra de diamante en su dedo y asegurándonos de que permanezca allí, como la sonrisa en su rostro, para siempre. .

Me levanto rápidamente, la silla se desliza hacia atrás mientras me muevo hacia el dormitorio y empujo la puerta para abrirla con tanta fuerza que casi se estrella contra la pared, rompiendo el tope de la puerta.

Mi emoción es enorme por tener este momento con ella y comenzar nuestra vida de otra manera.

Pero se está poniendo el abrigo y hay una lágrima corriendo por su mejilla.

"¿Adónde vas? ¿Qué ocurre?" Pregunto, metiendo la pequeña caja de terciopelo en mi bolsillo.

La ira me desgarra, acompañada de un millón de preguntas.

"Me voy."

"¿Te estas yendo? Qué demonios lo eres. Y tú también intentabas escabullirte. ¿Qué está sucediendo? Qué ocurre. Podemos resolver esto".

"¿Qué quieres decir con qué pasa? ¿Resolver qué? No hubo ningún problema hasta que lo creaste".

No puedo leerla por mi vida. Sólo necesito calmarla para poder llegar al fondo de esto, arreglarlo y mostrarle todas las formas en que la amo.

Me muevo delante de ella, bloqueándole el camino hacia la puerta.

"¡Fuera de mi camino!" ella pisotea y se lanza hacia mí.

"Lo único que impido es que cometas el mayor error de tu vida".

"Bueno, llegas demasiado tarde para eso porque eres el mayor error de mi vida", grita, perdiendo el control y desafiando lo que le dije acerca de mantener un frente unido, siempre.

Cierro la puerta detrás de mí, lo que sólo la enoja más.

"Dijiste que era libre, entonces ¿por qué intentas detenerme ahora? ¿Eh? Apártate de mi camino y déjame ser libre".

La agarro por los brazos, una sonrisa cruza mis labios lo que sólo la enfurece más mientras la siento en la cama.

"Estás libre de preocuparte por ese monstruo del que escapaste. Estás libre del dolor de tratar de sustentarte porque siempre seré tu columna vertebral, ahora y siempre. Pero nunca estarás libre de mí. Eso nunca fue lo que quise decir".

"Yo... pensé que me estabas diciendo que me fuera".

"¿Ir a donde? Eres mío. Tú vives aquí. Perteneces aquí, conmigo. Siempre."

Siento que la tensión se libera de su cuerpo y suelto sus brazos.

"Necesitaba que ambos estuviéramos libres de ese hombre y de su gente, eso es todo. Ni siquiera había oído hablar de él ni lo había visto, pero cuando supe lo que te hizo a ti y a esas otras mujeres, creó una prisión en mi mente de la que yo también necesitaba liberarme. No pude dormir otra noche sabiendo que él estaba caminando sobre la faz de la tierra. Ahora estamos en paz. Gratis."

"¿Eso es lo que quisiste decir?"

"Eso es exactamente y todo lo que quise decir".

"¿Entonces... quieres que me quede?"

"No quiero que te quedes. Necesito que te quedes. Te necesito en todos los sentidos y, de hecho, hago una pausa, como dije, no tienes otra opción.

Saco la caja de mi bolsillo y levanto la tapa con un solo movimiento. Tomo el anillo en mi mano y lo deslizo en su dedo. No le preguntaré cuando ambos sepamos que es mía.

"Te amo, hermosa. Siempre lo he hecho y siempre lo haré. Desde el primer momento en que te vi hasta el fin de los tiempos y en la eternidad. Eres libre en todos los sentidos menos en uno. Eres prisionero de mi corazón y mi corazón nunca te dejará ir. Te amo."

Su cuerpo se lanza hacia mí mientras sus brazos me rodean.

"Te amo", dice, y mis labios encuentran los de ella, recordándole que ella es mía... mía, toda mía.

EPÍLOGO

Terry

Un año después

Miro fijamente a los ojos de mi bebé mientras el olor a borscht recorre la cocina. No le he quitado los ojos de encima durante lo que parece una hora, excepto para mirar la foto enmarcada de mi padre yVictoria en la pared. Diría que eran niños, pero no eran mucho más jóvenes que yo en ese momento. Supongo que el hecho de que ambos fueran tipos grandes e imponentes influye en la ecuación.

Y hablando de ecuaciones,Victoria He estado leyendo todos estos locos blogs de salud tratando de descubrir cuál es la mejor dieta natural para que ambos comamos, de modo que tengamos el mayor porcentaje de posibilidades de tener gemelos. Definitivamente está tratando de multiplicar la familia de manera exponencial y lo más rápido posible.

Estoy allí con él y me encanta probar alimentos nuevos junto con todos mis viejos favoritos. Además, estar embarazada me da una excusa para comer demasiado, y si mantengo los embarazos cerca entonces tal vez no tenga que perder el peso intermedio, lo cualVictoria Siempre insiste en que no lo hago. Dice que necesito comer más para sobrevivir a los inviernos.

Siempre me río, sabiendo que su verdadero motivo es que cuanto más pesado parezco volverme, más agresivo puede ser conmigo en el dormitorio, la sala, la cocina, el patio, la ducha y todos los demás lugares creativos a los que venimos. dispuesto a hacer nuestro bebé.

"¿Cómo está mi primogénito y mi primer y único amor?" una voz profunda dice que es tan espesa como la cucharada de crema agria que necesito poner en el borscht en cualquier momento, y más profunda que el Mar Negro... y una voz que es igual de sabrosa también, como en esos labios que no puedo esperar. para conocer el mío.

"No te oí entrar", le digo mientras él no me hace esperar y me besa de inmediato.

"Soy un espía ruso. Ya sabes cómo somos".

"Lo sé porque ahora también soy ruso".

"Seguro que lo eres. La combinación perfecta entre el viejo mundo y el nuevo mundo".

"Justo como nosotros. Viejo y nuevo", bromeo.

Saca una bola de crema agria del cubo y la frota en mi nariz.

"¡Ey!" —digo, y rápidamente repite el proceso con nuestro bebé Konstantin. "Vas a despertarlo".

Y efectivamente, sus ojos se abren lentamente y comienza a reírse, sus manos tan lindas se agitan frenéticamente mientras se ríe hasta ponerse nervioso.

"Iniciamos la construcción de la nueva ala que usted recomendó hoy".

"Te vi en la televisión. Te veías tan guapo".

"Y se verá tan hermoso gracias a tu diseño". Hace una pausa. "¿Te dije alguna vez que eras un genio al tener la idea de un concepto de casino con temática familiar?"

"Un millón de veces al día", respondo, orgullosa de poder ayudar y sentirme parte de algo relacionado con su trabajo.

"Ya estamos en conversaciones con Aeroflot para aumentar la llegada de vuelos internacionales. La idea de tener una experiencia tipo Circo, como la de Las Vegas, es completamente nueva para nosotros. Al casino le iba increíblemente bien como simple lugar para jugar a las cartas y apostar en deportes. Pero ahora que nos hemos expandido a toda la familia, será un nivel que nunca hubiera esperado... o alcanzado sin ustedes".

Se inclina para dar otro beso, pero yo retrocedo. "Pero vas a tomar todas las precauciones necesarias para asegurarte de que los niños no puedan jugar, ¿verdad?"

"Eso fue lo primero que instalamos. Los niños pueden montar en atracciones, recorrer el zoológico de mascotas y comer todo el helado que quieran mientras sus padres beben vodkas, margaritas y disfrutan de juegos y espectáculos para adultos. Y también tendremos espectáculos familiares tres veces al día".

"Perfecto. Puedes besar a la novia ahora —bromeo, y él no pierde ni un segundo, tal como no lo hizo hace once meses en la lujosa boda que organizó. Realmente sentí como si mi papá estuviera allí mirándome, bendiciéndonos a los dos.

"Hablando de niños que comen helado, yo, eh... accidentalmente comí un litro hoy". Mis hombros se elevan hasta las orejas mientras le pongo esa cara de "grito".

"¿Por qué no dos cuartos?" dice, con una cara increíblemente seria.

"¿De verdad lo crees cuando dices eso o simplemente quieres que me sienta bien por mi error?"

"¿Error? ¿Cuántas veces te lo digo?

"Hay que poder sobrevivir al ataque de un oso", decimos al unísono. Me río y sacudo la cabeza, él no lo hace.

"Será mejor que vaya a poner a Konstantin en su cuna para poder terminar la cena".

"Dame a nuestro chico"Victoria dice, prácticamente quitándomelo en otra muestra de dominio que definitivamente es áspero, al igual que él. Aunque me encanta. Es masculino, crudo y no se disculpa, aunque nunca tenga nada por qué disculparse. Él hace todo lo posible para asegurarse de que nuestra pequeña pero creciente familia tenga lo mejor, esté protegida y no sienta nada más que amor.

"Sólo necesito revolver el borscht muy rápido", me digo a mí mismo.

"Lo que tienes que hacer es sentarte, poner los pies en alto y permitirme encargarme de todo".

"Está bien. Es mi trabajo."

"Estuviste aquí con nuestro chico todo el día. Puedo sostenerlo con una mano y revolverlo con la otra. Descansa, mujer. Te lo mereces."

"Lo que no merezco eres tú", digo, poniéndome de puntillas para besar su mejilla. "Eres increíble."

"Somos increíbles", dice, mirándome a los ojos con esa intensidad al estilo de la mafia rusa que me recuerda cuán fuerte arde el fuego en su vientre por nuestra familia.

Me agarra por el cuello, con firmeza pero en broma, y me besa con fuerza. "Porque somos uno", dice, soltándome, y maldita sea si no me estoy mojando ya. "¿Verdad, Konstantin?" pregunta, mirando a nuestro chico.

Él simplemente sonríe yVictoria toma su pequeña mano y levanta el pulgar. Es demasiado lindo para expresarlo con palabras, pero antes de que pueda tomar mi teléfono para tomar una foto, él ya está levantando la cuchara y removiendo el borscht.

"Este borscht me recuerda a algo", dice, volviéndose hacia mí. "He hecho tantas cosas en la vida. Me convertí en un hombre. Gané casi mil millones de dólares. Creé el casino más grande de Moscú... que ahora hará felices a muchas familias. Pero, sobre todo, he formado una familia contigo. Te amo."

Lo rodeo con mis brazos y entierro mi cabeza en su pecho. "Te amo", digo, justo antes de que Konstantin se ría de nuevo, el verdadero sonido del amor. La familia y la vida que hemos creado juntos.

Para siempre.

El fin

Don't miss out!

Visit the website below and you can sign up to receive emails whenever Ashley Colem publishes a new book. There's no charge and no obligation.

https://books2read.com/r/B-A-TMQAB-SINTC

BOOKS 2 READ

Connecting independent readers to independent writers.

Did you love *Ella es mía Ahora... Para Siempre*? Then you should read *Esaurimento*[1] by Ashley Colem!

ESAURIMENTO

SIENNA POTREBBE ESSERE GIOVANE, MA IL SUO CORPO SA DI COSA HA BISOGNO

[2]

Quando la madre di Sienna si risposò e se ne andò a Parigi con fretta, si rassegnò a essere allevata dalla sua governante.

Sienna non si sarebbe mai aspettata che il suo nuovo fratellastro, Grant Foster, il freddo signore di Wall Street, le assegnasse una squadra di guardie del corpo, la trasferisse nel suo attico multimilionario e iniziasse a chiamarla principessa. Sfortunatamente, mentre Grant la vizia tantissimo, continua a tenerla a debita distanza.

Sienna potrebbe essere giovane, ma il suo corpo sa di cosa ha bisogno. E anche se al suo fratellastro potrebbe essere proibito, lei non può fare a meno di chiedersi cosa servirebbe per logorarlo...

---

1. https://books2read.com/u/4N75aJ

2. https://books2read.com/u/4N75aJ

Also by Ashley Colem

Bien Trop Brutal

Obsede Par Elle

Limite dépassée

Amour Improbable

Kataliya, la Parfaite Élue

Le Choix Ultime d'un Seul Amour

Réveille-toi, Barbara

Sexe à Répétition

Taïna est en feu

Captive d'une Nuit Enneigée: Jusqu'à ce qu'elle apparaisse et que son âme se sente captivée

Ces Attouchements Tabous: Cette nuit-là, il a changé ma vie pour toujours

Épuisement: Sienna est peut-être jeune, mais son corps sait ce dont il a besoin

Il va l'avoir: William veut Jesse plus que tout au monde

La Femme de ses Rêves: Il est obsédé par la jeune beauté qui lui a volé son cœur

Le No 1 des Connards: Il ne cherche pas d'excuses pour ce qu'il est ou ce qu'il fait

L'étrange Mariage du Milliardaire

Maintenant... Elle est à moi pour Toujours: Je mets un bébé dans son ventre et une bague en diamant à son doigt

Piégé par elle

Tenir si Fort: Il ne savait pas qu'une obsession pouvait s'emparer de lui aussi fort

Un Alpha de Mauvais Caractère: Aucune femme n'a jamais été capable de le gérer

Un Échange Très Étrange: Le destin de Cian et de Serenity, croisés dans un lycée américain

Limite Superato

Amore Improbabile

Kataliya, la Perfetta

La Scelta Definitiva di un Singolo Amore

Sesso ripetuto

Taina è in Fiamme

Esaurimento

Intrappolato da lei

La Donna dei Suoi Sogni

Lo Stronzo #1

Ora è mia... per sempre

Prigioniero in una Notte di Neve

Sta per Averla

Stringere Così Forte

Obsession: Tout a changé la première fois que Jackson a vu Dina

Svegliati, Barbara: Stare con Clark diventa un grosso problema

Agarra tan Fuerte

Atrapado por ella

Cautivo en una Noche de Nieve

El Éxtasis de lo Prohibido: Después de que Nadia descubre que Bady la engaña

El gilipollas nº 1: No pone excusas por lo que es o por lo que hace

Ella es mía Ahora... Para Siempre

La Mujer de sus Sueños

L'estasi del Proibito: Dopo che Nadia scopre che Bady la tradisce

L'extase de l'interdit: Après que Nadia découvre que Bady la trompe

Obsesionado con ella: Finalmente tengo la oportunidad de hacerla mía

Un Alfa con mal Carácter